LOS COSMORRATONES

¡AVENTURAS SUPERRATÓNICAS, EN EL ESPACIO INFINITO!

QUERIDOS AMIGOS Y AMIGAS ROEDORES,

¿OS HABÍA DICHO ALGUNA VEZ QUE SOY UN GRAN APASIONADO DE LA CIENCIA FICCIÓN? SIEMPRE HE DESEADO ESCRIBIR AVENTURAS INCREÍBLES, AMBIENTADAS EN OTRA DIMENSIÓN... PERO ¿ACASO EXISTEN LOS UNIVERSOS PARALELOS?

SE LO PREGUNTÉ AL PROFESOR VOLTIO, EL CIENTÍFICO MÁS FAMOSO DE LA ISLA DE LOS RATONES, Y ¿SABÉIS QUÉ ME RESPONDIÓ?

ME DIJO QUE, SEGÚN ALGUNOS CIENTÍFICOS, NO EXISTE UNA SOLA DIMENSIÓN, ES DECIR, ÉSTA EN LA QUE VIVIMOS, SINO MUCHAS DIMENSIONES EN LAS CUALES TODO ES POSIBLE.

¡AH, CÓMO ME GUSTARÍA ESCRIBIR UNA AVENTURA DE CIENCIA FICCIÓN EN LA QUE MI FAMILIA Y YO VIAJAMOS POR EL COSMOS EN BUSCA DE UNIVERSOS PARALELOS! YA ME IMAGINO MI SUPERRATÓNICA TRIPULACIÓN: ¡LOS COSMORRATONES!

LA DIVERSIÓN SERÍA... ¡GALÁCTICA! ¡PALABRA DE HONOR DE ROEDOR!

PROFESOR
VOLTIO

LOS COSMORRATONES

GERONIMO STILTONIX

TRAMPITA STILTONIX

TEA STILTONIX

ABUELO TORCUATO

ROBOTTIX

BENJAMÍN STILTONIX Y PANDORA

LA RAT GALAXY

¡ES LA ASTRONAVE DE LOS RATONES, SU CASA, SU REFUGIO!

RAT·GALAXY
(VISTA EXTERIOR)

1. PUENTE DE MANDO
2. TELESCOPIO GIGANTE
3. INVERNADERO PARA EL CULTIVO DE PLANTAS Y FLORES
4. BIBLIOTECA Y SALA DE LECTURA
5. PARQUE DE ATRACCIONES ASTRAL
6. BAR RESTAURANTE A CARGO DEL COCINERO SQUONZ
7. COCINAS DE A BORDO
8. SOPLONIX, ASCENSOR ESPECIAL QUE COMUNICA TODOS LOS NIVELES DE LA ASTRONAVE
9. SALA DE ORDENADORES
10. CAMAROTES DE LA TRIPULACIÓN
11. TEATRO PARA ESPECTÁCULOS ESPACIALES
12. MOTORES DE TETRASTELIUM
13. CANCHAS DE TENIS Y OTRAS ACTIVIDADES DEPORTIVAS
14. TECNOGIMNASIO MULTIFUNCIÓN
15. CÁPSULAS ESPACIALES PARA EXPLORACIONES
16. BODEGA CON PROVISONES
17. BIOSFERA CON DISTINTOS HÁBITATS NATURALES

Geronimo Stilton

LA AMENAZA DEL PLANETA BLURGO

DESTINO

Este libro es para Kai, ¡el amigo de Geronimo Stilton!

Textos de Geronimo Stilton
Inspirado en una idea original de Elisabetta Dami
Diseño original del mundo de Los Cosmorratones de Flavio Ferron
Cubierta de Flavio Ferron
Ilustraciones de Giuseppe Facciotto *(diseño) y* Daniele Verzini *(color)*
Diseño gráfico de Chiara Cebraro

Título original: *Minaccia dal pianeta Blurgo*
© de la traducción: Manel Martí, 2014

Destino Infantil & Juvenil
infoinfantilyjuvenil@planeta.es
www.planetadelibrosinfantilyjuvenil.com
www.planetadelibros.com
Editado por Editorial Planeta, S. A.

© 2013 - Edizioni Piemme S.p.A., Corso Como 15, 20154 Milán - Italia
www.geronimostilton.com
© 2014 de la edición en lengua española: Editorial Planeta, S. A.
Avda. Diagonal, 662-664, 08034 Barcelona
Derechos internacionales © Atlantyca S.p.A., Via Leopardi 8, 20123 Milán - Italia
foreignrights@atlantyca.it/www.atlantyca.com

Primera edición: junio de 2014
ISBN: 978-84-08-12840-3
Depósito legal: B. 10.832-2014
Impresión y encuadernación: Unigraf, S. L.
Impreso en España - Printed in Spain

El papel utilizado para la impresión de este libro es cien por cien libre de cloro y está calificado como **papel ecológico**.

SI PUDIÉRAMOS VIAJAR EN
EL TIEMPO Y EL ESPACIO...

SI EN LA OSCURIDAD DE
LA GALAXIA MÁS LEJANA
NAVEGASE UNA ASTRONAVE
TRIPULADA ÚNICAMENTE
POR RATONES...

Y SI EL CAPITÁN DE LA
ASTRONAVE FUERA UN RATÓN
INTRÉPIDO AUNQUE
ALGO PATOSO...

... ENTONCES ¡ESE RATÓN
SE LLAMARÍA
GERONIMO STILTONIX!

¡Y ÉSTAS SERÍAN
SUS AVENTURAS!

¡POR MIL QUESITOS LUNARES!

Todo comenzó una tranquila mañana espacial a bordo de la **RAT GALAXY**, la astronave más sofisticada y **SUPERRATÓNICA** de todo el universo.

Viajábamos a velocidad **HIPERFOTÓNICA** por la lejana galaxia del Canelón…

Yo aún estaba roncando en mi cabina, cuando una **SOMBRA** se deslizó silenciosa detrás de mí, se acercó furtivamente a mi cama y, con voz robótica, me gritó al oído…

—¡Alarma amarilla! ¡Alarma amarilla!

¡ALARMA AMARILLAAA!

Me sobresalté como si me hubiera picado un enjambre de **ABEJAS ESPACIALES**.

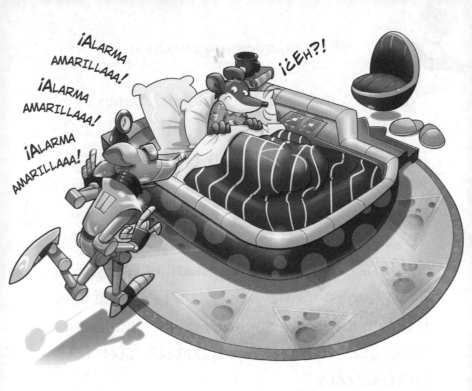

Entonces abrí los ojos de par en par y lo vi. Era **MAYORDOMIX**, mi robot multiusos: mayordomo, secretario, cocinero...

—**¡POR MIL QUESITOS LUNARES!** ¿Qué ha pasado? ¿Nos han invadido los extraterrestres? ¿Un meteorito ha impactado contra nuestra nave? ¿La tripulación ha contraído un temible **RESFRIADO VENUSIANO**?

Con su voz metálica, Mayordomix anunció:

—BUENOS DÍAS, CAPITÁN STILTO-NIX. Son las 7.00, hora intergaláctica. Hora de levantarse. Hora de levantarse. Hora de levantarse. Hora de levantarse…

Yo grité:

—*MAYORDOMIX*, ¿cuántas veces te he dicho que no me despiertes con la alarma amarilla? ¿No podrías emplear una musiquilla relajante, qué sé yo… la *Sinfonía de las Galaxias*?

—Negativo, capitán —replicó él—. La alarma amarilla es lo único que funciona con usted…

¡A LEVANTARSE, A LEVANTARSE, A LEVANTARSE!

Y, de pronto, un largo brazo mecánico surgió de su espalda, me agarró de la cola y me sostuvo en ALTO como una merluza venusiana prendida de un anzuelo.

—¡SOCORRO! —grité—. ¡Haz el favor de bajarme de aquí! ¡Prometo que me arreglaré a la velocidad de la luz!

¡Me pilló desprevenido! Me soltó de golpe y yo… **¡PLAF!** Directo al suelo: donde me golpeé el morro y se me aplastaron los bigotes… ¡Qué dolor!

Pero él siguió, implacable:

—Capitán Stiltonix, ya llega tarde… **¡A LA- VARSE, A LAVARSE, A LAVARSE!**

Por mil galaxias intergalácticas, no podía tratarme así: yo era el capitán de la nave…

¡Ops! ¡Qué despiste! ¡Todavía no me he presentado! Mi nombre es Stiltonix, Geronimo Stiltonix…

¡Soy el capitán de la Rat Galaxy, la astronave más superratónica de todo el universo!

Sin embargo, mi verdadero sueño es llegar a ser un famoso escritor. ¡Llevo *días*, qué digo, *me-*

ses, más aún, **años** tratando de escribir *La gran novela de las aventuras espaciales de los Cosmorratones*! Pero no lo logro porque **SIEMPRE** tengo que resolver algún problema… Mientras yo andaba sumido en mis pensamientos, Mayordomix volvió a sujetarme de la cola y me empujó hasta el **BRILLA-RRATIX**, un aparato genial para el aseo del ratón espacial.

En cuanto se cerraron las puertas, me inundó un potente chorro de agua… **¡HELADA!**

FASE 1: MOJAR

FASE 2: ENJABONAR

FASE 3: SECAR

Me puse a gritar:

—¡Mayordomix! ¡La ducha está heladaaaa!

Pero para entonces, tres juegos de **CEPI-LLOS** giratorios ya me habían agarrado, estrujado, restregado y sacudido…

—¡Mayordomix! ¡Los cepillos giratorios me han vuelto a tirar de las orejaaaas!

Al fin salió el **CHORRO** de aire caliente, que servía para secar el pelaje, pero…

—¡Mayordomix! ¡El aire del secador sale **HIRVIENDOOOO**!

¡Salí tambaleándome del Brillarratix y tardé un rato en peinarme y recuperarme de aquel tornado de limpieza!

Entonces, la puerta del armario de la cabina se abrió automáticamente y la voz metálica de mi **GUARDARROPA** robótico dijo:

—Capitán Stiltonix, le aconsejo que se ponga el **uniforme de gala**: está previsto que hoy visite el puente de mando el excapitán de la nave, el almirante retirado, su excelencia, el gran Torcuato Tronchaerolitos…

—¿QUÉ **QUÉ QUÉ?**

¿Que el abuelo Torcuato estará en el puente de mando? ¿Hoy? ¡Socorrooo!

¿¡¿QUÉ QUÉ QUÉ?!?

¡¿QUE VIENE EL ABUELO TORCUATO?!

¡SUFRO DE MAREOS ESPACIALES!

—¡A VESTIRSE, A VESTIRSE, A VESTIRSE! —volvió a la carga Mayordomix, mientras me entregaba eficientemente el UNIFORME DE GALA ESPECIAL CON SUPERACCESORIOS.

Traté de ponérmelo, pero había engordado y… ¡por mil galaxias desorbitadas, no podía cerrar la **cremallera**!

—¡Ya me encargo yo, capitán! —anunció muy seguro Mayordomix—. ¡Verá cómo se CIERRA, CIERRA, CIERRA!

Dicho esto, me agarró, me sacudió, me aplastó, me machacó y me volteó como un calcetín, hasta que… **¡ZAC!** ¡La cremallera se cerró!

UNIFORME DE GALA ESPECIAL CON SUPERACCESORIOS DEL CAPITÁN STILTONIX

PUÑO CON MICRÓFONO INCORPORADO

CUELLO REFORZADO A PRUEBA DE VIENTO ESPACIAL

CINTURÓN MULTIUSOS QUE CONTIENE UN TRADUCTOR SIMULTÁNEO EN TODAS LAS LENGUAS INTERGALÁCTICAS

LONCHA DE QUESO DORADA, SÍMBOLO DE LOS COSMORRATONES

BOTAS PARA PASEOS GALÁCTICOS

SUELAS CON VENTOSA PARA CASOS DE INGRAVIDEZ

Por fin estaba vestido… pero ¡no podía respirar!
Traté de protestar, pero Mayordomix dijo:

—¡Rápido! ¡El **GALAXY TAXI** espera!

Y me arrastró por la cola hasta el aparcamiento
del Galaxy Taxi, las pequeñas *NAVES* para
trasladarse por el interior de la Rat Galaxy.
Mayordomix le ordenó al conductor:

—¡**LLEVAR** al capitán al Soplonix, o sea, el
ascenso del puente de mando! ¡A la
máxima *VELOCIDAD*!

—¡Socorro! —grité yo—.
¡No soporto los Galaxy
Taxi! ¡Dejadme bajar de
aquíííííí!

¡QUIERO BAJARRR!

¡¡¡LA VELO-
CIDAD ESPACIAL
ME DA MAREOS!!!

Pero ¡ya era demasiado tarde! Me sentía más **SACUDIDO** que... ¡un batido doble de nata plutoniana con requesón de Saturno!

Tambaleándome, traté de **CAMINAR** hasta el Soplonix, el ascensor de la astronave, cuando... sentí que alguien me pellizcaba la cola: era un robot que se estaba RIENDO☺.

¡Lo reconocí de inmediato!

¡Su nombre era **ROBOTTIX**!

Es un pequeño robot multifunciones, autoprogramable, autorregulable, ajustable, fluctuante... y, si me permitís decirlo, también un poco pedante: está convencido de que lo **SABE TODO** y de que siempre tiene razón. ¡Nunca reconoce sus errores y siempre quiere tener la última palabra en todas las **DISCUSIONES**!

Robottix dejó de reír y preguntó:

—¿Tiene algún problema, capitán Stiltonix? ¿Se ha perdido? Por casualidad, ¿no estará buscando desesperadamente el **SOPLONIX** para ir al puente de mando?

—**Ejem... en realidad no...** —respondí yo.

Pero él no quiso escucharme y prosiguió con aires de sabihondo:

—¡No se preocupe, **capitán stiltonix**, he comprendido en seguida que necesitaba ayuda! ¡Sígame!

ROBOTTIX
ROBOT MULTIUSOS DE A BORDO

ORIGEN: FUE CONSTRUIDO A BORDO DE LA RAT GALAXY.
ESPECIALIDAD: COMUNICACIONES INTERESPACIALES DE LARGA DISTANCIA.
RASGOS PARTICULARES: CUERPO MECÁNICO MULTIUSOS.
DEFECTOS: ¡ES MUY HABLADOR Y SIEMPRE QUIERE TENER LA ÚLTIMA PALABRA!

Ni siquiera tuve **tiempo** de decirle que no, que no necesitaba su ayuda, cuando me agarró de la COLA (¡él también!) y me arrastró de muy malas maneras hasta un larguísimo tubo TRANSPARENTE:

—¡Vamos, entre en el Soplonix! Y pulse el botón P.M., puente de mando…

Resignado, entré en el tubo transparente. ¡Pulsé el botón P.M. y, al instante, un potentísimo cho-

rro de **AIRE** me levantó y me propulsó como un misil, directo a la **LUNA** venusiana! ¡Nunca me **ACOSTUMBRARÉ** al Soplonix!

¡Por todas las **GALAXIAS**! ¡Sufro de mareos espaciales!

¡Socooooooooooorroooooooooo!

De la Enciclopedia Galáctica
EL SOPLONIX

COMO TODO EL MUNDO SABE, EL SOPLO-NIX ES EL SISTEMA MÁS CÓMODO Y VELOZ DE DESPLAZARSE POR EL INTERIOR DE UNA ASTRONAVE: CONSISTE EN UN TUBO DE CRISTAL QUE ASPIRA AL PASAJERO MEDIANTE UN POTENTE CHORRO DE AIRE Y LO TRANSPORTA AL PISO SOLICITADO.

UN CAPITÁN
DE VERDAD… ¿O NO?

Poco después, el Soplonix me había **ASPI-RADO** al nivel P.M., donde se encontraba el **PUENTE DE MANDO**…

Ya me estaba relamiendo los bigotes al pensar en el batido de **GRUYERE** lunar que, como cada mañana, me esperaba en mi puesto de capitán. ¡Era mi desayuno!

Pero también me sentía un poco, por decirlo de algún modo, **INQUIETO**:

—Esperemos que el abuelo Torcuato no haya llegado todavía…

Lo primero que hizo mi primo al **VERME**, fue preguntarme:

—Geronimo, ¿has traído una bandeja de canapés y un par de botellas de batido de gruyere para celebrar nuestra nueva misión?

—¿Qué NUEVA MISIÓN? —respondí yo.

Trampita negó con la cabeza, desilusionado.

—Geronimo, eres el bobo de siempre... Ni canapés, ni batido... pero ¿en realidad, qué clase de capitán eres?

Yo, para demostrarle que era un capitán de verdad, me senté en el PUESTO DE MANDO. Y para demostrarle que sabía lo que hacía, pulsé al azar una fila de BOTONES del brazo de la butaca... ¡No debí haberlo hecho!

¡zac! ¡zac! ¡zac! ¡zac!

De debajo del asiento, surgieron una serie de brazos mecánicos... ¡Un brazo me cubrió de espuma antiincendios! ¡Otro me retorció la cola! ¡Otro me REGÓ los pies! ¡Y otro me ofreció un sándwich de queso!

En ese momento, se abrió la puerta y yo me quedé **HELADO**.

—Nieto bobalicón, ¿se puede saber exactamente qué estás haciendo?

¡POR MIL QUESITOS LUNARES, había llegado el abuelo Torcuato!

El almirante **TORCUATO TRONCHAEROLITOS**, excapitán de la Rat Galaxy, ahora ya retirado, pulsó un **BOTÓN** y todos los brazos mecánicos se retiraron.

¡A continuación, se abalanzó sobre *mi* butaca, puso las **PATAS** sobre *mis* reposabrazos y, por si todo esto no bastase, empezó a darle sorbos a *mi* batido de **gruyere** lunar!

Lo saludé:

—¡H-hola, abuelo! ¿A qué debo esta, hum, ejem... **AGRADABLE VISITA**?

—Pero ¡¿qué dices de una agradable visita, nieto bobalicón?! —gritó—. Yo no hago visitas de cortesía, ¿acaso no ves mi UNIFORME de capitán supremo?

Me fulminó con la mirada y prosiguió:

—Me he molestado en venir hasta aquí desde mi **CÓMODA** cabina superlujosa, por un asunto de la máxima gravedad. ¡La Rat Galaxy está a punto de explotar!

¿Cómo cómo cómo? ¿La **RAT GALAXY**, nuestra nave superratónica, estaba a punto de estallar? Entonces la situación era **GRAVE**, **GRAVÍSIMA**, **MUCHO MÁS GRAVE** de lo previsto. Pero ¿por qué razón nadie me había dicho nada?

El abuelo Torcuato dio tres sorbos a mi batido y **NEGÓ** con la cabeza, en señal de desaprobación:

—Apuesto a que ahora dirás: ¿por qué nadie me ha dicho nada?

—Ejem, efectivamente, eso estaba pensando: ¿por qué **NADIE** me ha dicho nada? —respondí.

—¡Porque ya deberías saberlo! Pero ¡tú no eres un capitán de verdad, eres un bobalicón desinformado! Ya me estoy arrepintiendo de haberte dejado a ti el **MANDO**, en lugar de a tu hermana Tea...

Yo estaba preocupado:

—Abuelo, ¿es cierto que la Rat Galaxy está a punto de **ESTALLAR**?

El abuelo me respondió contrariado:

—Ah, nieto, ¿es que siempre hay que explicártelo todo? ¿Sabes cómo está construido el **MOTOR** de la nave?

—Sí, claro... —respondí yo—. Mediante baterías de Trastelium que acumulan energía estelar...

—¿Y qué sucede cuando las baterías de energía estelar se **RECALIENTAN**? —preguntó él.

Dudé un instante.

—Hum... espera, veamos... ¿podría ser... que el motor **EXPLOTASE**?

—¡Sí! —gritó él—. ¡Y todos nosotros acabaríamos fundidos como mantequilla en una sartén! Me **estremecí**. ¡La idea de fundirme como mantequilla en una sartén **NO ME GUSTABA** en absoluto!

—Por suerte estoy **YO** aquí —se vanaglorió él—, y **YO** he dado con la solución. ¡Para estabilizar el motor, se precisan baterías nuevas!

De la Enciclopedia Galáctica
EL TRASTELIUM

COMO TODO EL MUNDO SABE, LAS ASTRONAVES SURCAN VELOCES LA GALAXIA, GRACIAS A LAS POTENTÍSIMAS BATERÍAS DE TRASTELIUM, UN ELEMENTO QUE PUEDE LLEGAR A DURAR UN MONTÓN DE ASTROSIGLOS. LAMENTABLEMENTE, EL TRASTELIUM ES MUY ESCASO, Y SIEMPRE QUE SE EMPRENDE UN VIAJE ESPACIAL MUY LARGO, HAY QUE CONTAR CON UNA BUENA RESERVA...

Por desgracia, el **Trastelium** que necesitamos para las baterías es un elemento muy **RARO**, presente tan sólo en poquísimos planetas... pero ¡*nosotros* lo encontraremos!

—Muy bien, abuelo, pero... ¿qué significa eso de **NOSOTROS**? ¿Acaso no estás retirado?

—Geronimo, **YO** te di el mando de la nave y **YO** puedo quitártelo, si quiero...

—Pero abuelo —respondí inmediatamente—, si me quitas el mando, ¿cómo quedaré ante *todos* mis amigos, ante *toda* la tripulación, ante

¡TIENES UN AGUJERO NEGRO EN EL CEREBRO!

todos los comandantes de *todas* las otras naves de *todo* el **UNIVERSO**?

—Nieto, debes de tener un agujero negro en el cerebro, si crees que podrás resolver un asunto tan **importante** sin que nadie te vapulee. ¡Y cuando se trata de vapulear, yo **VAPULEO**!

¡Era cierto, si había que vapulear, el abuelo vapuleaba! **¡OH, YA LO CREO QUE VAPULEABA!**

Luego resopló y dijo:

—Mientras *tú* dormías, *yo* ya he localizado un **PLANETA** que se encuentra sólo a tres gigaluz de aquí: el planeta Blurgo. ¡Iremos allí en seguida!

—Pero abuelo —traté de argumentar—, estaba acabando de escribir mi novela...

—¡Las órdenes son las órdenes, nieto! —me espetó él—. ¡Y **YO** te ordeno que hagas... lo que **YO** te diga!

¿DE DÓNDE VIENE ESA PESTE?

En ese momento, la puerta del puente de mando se abrió automáticamente.

Era mi **ADORADO** sobrinito Benjamín, que corrió hacia mí junto con Pandora, su amiga del *alma*.

—¡Hola, tío Geronimo! —saludó Ben—. ¿Podemos quedarnos contigo en el **puente de mando**?

¡BENJAMÍN!

Estaba a punto de responder, cuando entró **CORRIEN-DO** a toda velocidad un extraño roedor

VERDE, recubierto de hojas desde la punta de las orejas hasta la cola.

¡Parecía un arbusto ambulante, pero en realidad era el PROFESOR PHILLUS!

Phillus viene del planeta Clorofilax y es nuestro CIENTÍFICO DE A BORDO. ¡Conoce todas las especies animales y vegetales de la galaxia entera! Le estreché la PATA.

—Bienvenido, profesor, usted nos será de utilidad para encontrar el **Trastelium**...

Y, mientras hablaba, pensaba: ¿de dónde viene ese extraño olor? Me olisqueé la manga: *¡nada!* Probé a olerme el mono: *¡nada!* Me olfateé la pata izquierda: *¡nada!* Probé con la derecha: *¡nada!*

Pero ¡sin embargo, el olor estaba allí, y de qué manera!

¡Puaj! ¡Qué peste!

Parecía... **¡ABONO!**

PHILLUS

CIENTÍFICO DE LA RAT GALAXY

TIPO: RATONOIDE VEGETAL CON EL PELAJE RECUBIERTO DE HOJAS. ORIGEN: VIENE DEL PLANETA CLOROFILAX, DE LA *NEBULOSA DEL GERANIO*, UN PLANETA FORMADO POR UN CONGLOMERADO DE HOJAS, HABITADO EXCLUSIVAMENTE POR RATONOIDES VEGETALES. ESPECIALIDAD: CIENTÍFICO DE A BORDO. GRAN EXPERTO EN FORMAS DE VIDA ALIENÍGENAS. UNA PARTICULARIDAD: DUERME EN UN GRAN TIESTO LLENO DE TIERRA.

Phillus se puso amarillo de vergüenza:

—Acabo de echar abono en el invernadero…

—PROFESOR —le preguntó—, ¿qué está cultivando ahora? ¿Tierna lechuga estelar? ¿Albaricoques marcianos? ¿Tomates espaciales?

Yo adoro los **TOMATES ESPACIALES**, ¡con *mozzarella*, naturalmente!

Pero Phillus sacudió las hojas:

—No, capitán, estoy estudiando un **NUEVO** Programa de Producción de Oxígeno Integrado con Fotosíntesis y Bioquímica Hiperdinámica Comparada...

Yo no entendía una corteza de queso, pero él siguió parloteando...

¡UN RIDÍCULO...
HIPERGALÁCTICO!

Por suerte para mí, **EN SEGUIDA** nos interrumpió una voz muy melodiosa y cautivadora que dijo:

—Capitán Stiltonix... los motores están listos para la hipervelocidad...

Alcé los ojos y vi a una **roedora** con una larga melena color violeta, ojos azules como estanques lunares y una sonrisa irresistible...

Ah, reconocería aquella maravillosa y dulce voz entre miles...

Era *Allena Valvulina*, nuestra experta en circuitos fotónicos, motores de impulso hiperespacial, energía estelar... ¡y, además, os asegu-

ALLENA VALVULINA
OFICIAL TÉCNICA DE LA RAT GALAXY

TIPO: ROEDORA.
ORIGEN: PLANETA DE LOS RATONES.
ESPECIALIDAD: CIRCUITOS Y MOTORES.
CARACTERÍSTICAS: ES BUENÍSIMA REPARANDO
TODA CLASE DE MAQUINARIA.
UNA PARTICULARIDAD: SE SUJETA EL CABELLO
CON UNA PINZA EN FORMA DE LLAVE
INGLESA, QUE EN CASO DE APURO UTILIZA
PARA APRETAR TUERCAS.

ro que es la roedora más fascinante de toda la **RAT GALAXY**!

—Capitán… ejem, ¿me está escuchando? Necesito que dé la orden para activar la hipervelocidad… —me dijo, **AL VER** que yo seguía mirándola embelesado.

¡Debía de tener una expresión más tonta que la de una merluza **plutoniana**!

—Ejem… claro, claro, ¡adelante! Quiero decir, activen… En resumen… *¡NOS VAMOS!* —exclamé, tratando de darme tono.

Los motores se encendieron rápidamente con un **FRAGOR** ultrasónico, ¡y al cabo de un instante

la Rat Galaxy salía lanzada en dirección al planeta desconocido!

NAVEGAMOS durante horas, hasta que,
en un momento dado, Allena anunció:

—¡Ya estamos en las proximidades del planeta
Blurgo!

¡REDUCIENDO LA VELOCIDAD!

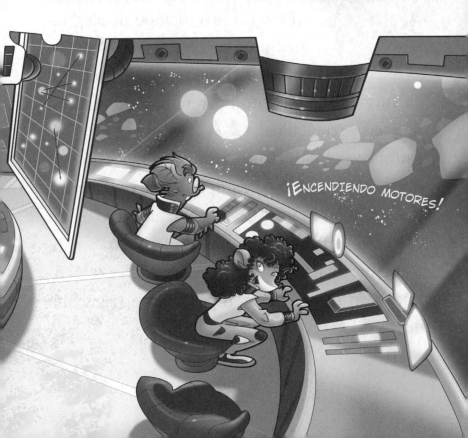

¡Encendiendo motores!

Por fin ¡habíamos llegado! ¡Menos mal, pues ya no podía más con aquella megavelocidad **HIPERESPACIAL**!

Blurgo era un *gran* planeta con un *enorme* **LAMPARÓN ROSA** en el centro, como una *gigantesca* mancha de **HELADO** de fresa. ¡Pero no tuve tiempo de alegrarme, porque **INESPERADA-MENTE** de detrás de mi butaca surgió un monstruo horrendo, todo dientes, antenas y tentáculos! **¡AAARGH!**

Entonces, el monstruo se quitó la máscara y vi que... ¡era mi primo Trampita!, que canturreó:

—Geronimo es un **memo**, Geronimo es un **memo**, Geronimo es el típico **memo**... ¡Ah, cómo me divierte gastarle bromitas!

Pues ¡vaya un ridículo hipergaláctico acababa de hacer!

Él me dijo entre risas:

—Te has puesto **AZUL** del **CANGUELO**, ¿verdad, primito?

—Sí, desde luego… Es una máscara muy realista, pero… ¡¿para qué te sirve en realidad?!

Tendría que haber previsto la respuesta de mi primo Trampita:

—¡Está muy claro! ¡Me sirve para tenerte siempre alerta! ¡Cumplo órdenes del **ALMIRANTE**

TORCUATO, el abuelo! Ha dicho que te vigile y que procure que siempre estés **DESPIERTO**, **ATENTO** y **PREPARADO** para cualquier contingencia... ¡Y yo obedezco! ¡Después de todo, soy el teniente! ¿No ves que llevo un uniforme amarillo? Es un uniforme de teniente. El **teniente Trampita Stiltonix**... Suena bien, ¿no? Aunque, entre nosotros, no entiendo por qué el abuelo te escogió a ti como capitán... ¡Yo habría lucido mucho mejor con el **uniforme** de capitán!

A continuación, me dio una **palmada** en la espalda y dijo:

—¡Ánimo, primo! Antes de aterrizar, nos daremos un buen festín en el restaurante de a bordo... ¡Pagando tú, naturalmente!

La idea de **PICOTEAR** algo no me desagradaba, pero en cuanto llegamos al Cosmo-Ñam, el restaurante de a bordo, me quedé **SIN HABLA**.

Leí el menú del día:

—Sopa de piedras **plutonianas** con líquenes, musgo tostado de Sprinx y tarta de algas urticantes a la Croz... —Y grité—: ¡POR MIL QUESITOS LUNARES, esto no es comida para roedores!

Trampita me replicó:

—¡Chisst! ¡Procura que no te oiga el nuevo cocinero, es... muy SUSCEPTIBLE!

El nuevo cocinero era un individuo de color naranja, con tres ojos, tentáculos, pinzas, brazos y un mandil salpicado de misteriosas manchas fluorescentes...

Se presentó, diciéndome:

—¡Buenos días, capitán, soy SQUONZ, el cocinero de a bordo! ¡Póngase cómodo, tengo muchas ganas de que pruebe todas, y he dicho todas, las fantásticas especialidades extraterrestres que sé cocinar!

Yo empecé a preocuparme:

—Ejem, la verdad es que hoy no tengo mucha hambre…

Pero él se mostró **implacable**:

—Insisto, capitán, acomódese. ¡Le sirvo en un instante!

—Pero… ¡si no ha tomado nota! —le susurré a Trampita—. ¿Cómo puede saber lo que quiero? Y él me respondió:

SQUONZ
COCINERO DE A BORDO DE LA RAT GALAXY

TIPO: ALIENÍGENA.
ORIGEN: PROVIENE DEL PLANETA MINESTRONE.
ESPECIALIDAD: ALTA COCINA EXPERIMENTAL.
CARACTERÍSTICAS: SE CREE UN GRAN COCINERO.
UNA PARTICULARIDAD: TIENE DOS BRAZOS, DOS PINZAS, DOS TENTÁCULOS, DOS ALAS Y... ¡TRES OJOS!

—¡Está clarísimo, primo! No lo sabe o, mejor dicho, no lo sabía, pero se lo ha dicho... ¡el AL-MIRANTE TORCUATO, el abuelo! ¿Sabes?, ha llegado a sus oídos que has engordado, que ya no te entraba el mono espacial con superaccesorios y quiere ponerte a dieta... De modo que estarás a régimen y sólo comerás algas, ¿de acuerdo? Yo, en cambio, tomaré un gran vaso de batido de gruyere con un pellizquito de jengibre lunar, como de costumbre...

—¡Por mil *lunas* desorbitadas! —grité—, yo también quiero un batido de gruyere con un pellizquito de jengibre lunar...

Pero el cocinero me hizo callar al instante:

—¡Aquí tiene! Para usted he preparado una sopa de algas azules de Vega. **¡Es adelgazante!** Verá, cumplo órdenes del almirante Torcuato...

COSMO-ÑAM

EL COSMO-ÑAM, EL RESTAURANTE DE A BOR-
DO, ES EL LUGAR IDEAL CUANDO UN COS-
MORRATÓN DESEA RELAJARSE TOMANDO UN
DELICIOSO TENTEMPIÉ O UNA CENA REFINA-
DA. EL COCINERO SQUONZ ESTÁ ESPECIALI-
ZADO EN EXQUISITECES, COMO LA PASTA CON
MUSGO FERMENTADO, LA SOPA DE POLVO
LUNAR Y EL BATIDO DE GRUYERE CON UN
PELLIZCO DE JENGIBRE LUNAR.

¡ATENCIÓN...
ALARMA AMARILLAAA!

De pronto, se oyó una sirena:

—¡ALARMA AMARILLA! ¡ALARMA AMARILLA! ¡ALARMA AMARILLA! ¡ALARMA AMARILLAAA!

Por mil quesos de bola lunares, aquello no era el servicio despertador de Mayordomix, era una auténtica... ¡ALARMA AMARILLA!

—¿Qué sucede? —grité.

A mi alrededor, empezó a girar un minúsculo punto amarillo y luminoso, que fue AGRANDÁNDOSE, **AGRANDÁNDOSE**, **AGRANDÁNDOSE**... ¡Y al momento se materializó ante mí un hocico de ratón! ¡Era completamente AMARILLO!

¡Era **HOLOGRAMMIX**, nuestro infalible ordenador de a bordo! Estaba programado para que su holograma* apareciese donde se lo necesitara.

Hologrammix me miró con sus ojos luminosos y me dijo:

—¡Hay una **EMERGENCIA**, capitán Stiltonix! ¡Diríjase de inmediato al puente de mando!

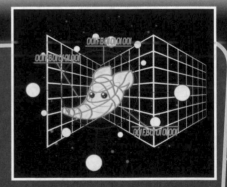

HOLOGRAMMIX
ORDENADOR DE A BORDO
DE LA RAT GALAXY

TIPO: INTELIGENCIA ARTI-
FICIAL ULTRAAVANZADA.
ESPECIALIDAD: CONTROLA
TODAS LAS FUNCIONES DE LA ASTRONAVE, INCLUIDO
EL PILOTO AUTOMÁTICO.
CARÁCTER: SE CONSIDERA INDISPENSABLE.
UNA PARTICULARIDAD: APARECE DONDE QUIERE Y CUANDO
QUIERE.

—**¿Qué sucede?** —repetí.

Y él me respondió, misterioso:

—¡Sólo estoy autorizado a revelar las informaciones SECRETAS en el puente de mando!

Así que salí a todo correr hacia el SOPLONIX y pulsé todos los botones que pude abarcar con mi pata, pero... ¡no pasó nada!

Hologrammix me informó:

—En caso de alarma amarilla, el Soplonix se bloquea... ¡Hay que utilizar sistemas de transporte, basados en la ENERGÍA FÍSICA!

—¿En energía física? —repetí perplejo.

—¡Utilizar la escalera! —dijo él.

Y se desvaneció...

Un holograma es una figura tridimensional proyectada por una fuente luminosa.

ME HUELE A CHAMUSQUINA...

Acceder al puente de mando utilizando sólo la ENERGÍA FÍSICA, resultó más agotador de lo previsto.

Subimos, ESCALAS, ESCALERAS, ESCALERILLAS... y por fin llegué al puente de mando, completamente sudado, JADEANDO y con la lengua fuera.

Trampita no dejó escapar la oportunidad de tomarme el pelo:

—¡Primito, tienes que adelgazar, ya! ¡Estás más blanducho que un CARACOLOIDE GANDULOIDE! ¡Yo, en cambio, me mantengo en plena forma! ¡Siempre hago muchísimo ejercicio en el tecnogimnasio!

—Por favor, ¡callaos los dos! ¡Hologrammix debe comunicarnos los datos!

El rostro LUMINOSO de Hologrammix flotaba en el centro del puente de mando:

—¡Capitán Stiltonix, hemos recibido un comunicado alienígena!

Los bigotes me empezaron a zumbar del canguelo:

¿Qué qué qué? ¡Aquello me olía a chamusquina!

HOLOGRAMMIX prosiguió:

—El mensaje proviene del planeta Blurgo, el destino de nuestro viaje. He realizado algunos cálculos para medir la extensión de su órbita: según la velocidad protónica, si convertimos las distancias en FOTONES CUÁNTICOS...

Robottix masculló, disimuladamente:

—Qué aburrimiento cósmico... ¡Ese de ahí se da tantos aires porque es el MAXI-COMPUTER de a bordo!

Pero, por desgracia, Hologrammix lo oyó:

—¡Cómo te atreves, amasijo de CHATARRA! Soy la inteligencia electrónica más avan-

¡¿CÓMO TE ATREVES?!

zada que ha sido desarrollada, y mi **PROGRAMA-CIÓN** la más sofisticada de todos los tiempos.

—Ejem, Hologrammix, discúlpalo, Robottix no pretendía ofenderte... Y ahora, por favor, muéstranos el **mensaje**... —intervine yo.

Entonces Hologrammix **ENVIÓ** el videomensaje y en la pantalla del puente de mando aparecieron tres extraños personajes.

—¡Saludos, intrépidos viajeros del espacio! ¡Somos los **RATONOIDES ROSA** del planeta Blurgo! En efecto, aquellos tipos tenían forma ratonoide, es decir, parecían ratones como nosotros, pero eran totalmente... ¡de color **ROSA**!

PHILLUS se rascó las hojas de la cabeza, pensativo, y dijo:

—No conozco esta *población extraterrestre...*

Uno de los ratonoides hizo un gesto de saludo:

—¡Venimos en son de paz, honorables roedores de la **RAT GALAXY**! Sabemos que vues-

tra astronave se halla en un grave peligro y estamos dispuestos a regalaros el valioso Trastelium que tanto abunda en nuestro planeta, el planeta Blurgo...

Trampita comentó:

—¡Esto sí que es un golpe de suerte, primo! ¡Si ellos nos ayudan, la **Misión Trastelium** habrá concluido, incluso antes de empezar! ¡Organizaremos un banquete galáctico para **celebrarlo**!

Yo estaba perplejo... hum, ¡me parecía todo demasiado fácil!

UN RECIBIMIENTO...
¡DE BIGOTES!

En seguida invitamos a nuestros amigos ratonoides a la **RAT GALAXY**...

Yo estaba tan excitado que no cabía en mi pellejo. ¿Cómo debíamos **RECIBIR** a nuestros invitados? ¡No quería hacer el ridículo!

—¡Podríamos ofrecerles una valiosa lata de **ACEITE SUPERCON- CENTRADO** para motores espaciales! —propuso Allena.

Phillus no estuvo de acuerdo:

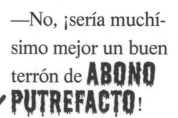

—No, ¡sería muchísimo mejor un buen terrón de **ABONO PUTREFACTO**!

—¡Ya lo tengo! —exclamó Trampita—. ¡Le diré a SQUONZ que prepare unas cuantas espe-cialidades! ¡Pero nada de algas! ¡Y nada de musgo! Sólo que-sos de primera calidad... ¿Pre-ferirán el gruyere marciano? ¿O el seco de Croz? ¿O tal vez un queso fresco de Iks? Hum... Hologrammix interrumpió toda aquella cháchara para anunciar:

—¡La nave de los RATONOIDES ROSA acaba de entrar en el hangar!

CORRÍ velozmente a recibirlos, junto con todos los demás.

Los ratonoides hicieron una solemne reveren-cia. Entonces, el más alto, que parecía el jefe, señaló una esfera flotante.

—Os ofrecemos este PRESENTE, como mues-tra de amistad intergaláctica entre los pueblos...

61

¡La esfera se abrió y ante nosotros apareció un **MISTERIOSO COFRE** reforzado, lleno hasta el borde de una sustancia rosa y brillante!

Me aclaré la voz y dije:

—Os lo agradezco, amigos, pero... ¡puede que os hayáis equivocado! Esto no es **Trastelium**... El Trastelium no es de color rosa, sino...

¡AZUL!

El ratonoide rosa más alto sonrió y me dijo:

—Amigo roedor, tienes razón, pero... ¡ésta es una rarísima variedad de Trastelium **rosa**! ¡No temas: es exactamente igual que el que tú CONOCES! ¡Funciona a las mil maravillas! —Se acercó a mí, entrecerró los ojos y añadió—: Ya verás qué bien va para vuestra astronave, *¡SERÁ PERFECTO!*

Llamé a PHILLUS, que examinó el contenido del cofre con su megadetector portátil.

Luego concluyó:

—NOVECIENTOS NOVENTA Y NUEVE COMA NOVENTA Y NUEVE POR MIL... ¡esto es Trastelium! —Y a continuación me susurró al oído—: Sin embargo, resulta extrañísimo... ¡no sabía que existiera también en ROSA!

¡CADA PLANETA
ES UN MUNDO!

El RATONOIDE ROSA más alto, que parecía el jefe, dijo en tono solemne:

—¡Estamos contentísimos de poderos ayudar! ¡Si esta **NOCHE** permanecéis en órbita sobre nuestro planeta, mañana os entregaremos otro cofre lleno de Trastelium! ¡Gratis!

YO NO DABA CRÉDITO A LO QUE ESTABA OYENDO. ¡Eran realmente generosos! Así que me adelanté y, finalmente, anuncié con voz firme:

—Honorables ratonoides rosa del planeta Blurgo, nuestro muy habilidoso (hum...) cocinero **SQUONZ** ha preparado algunas especialidades a base de queso. ¿Os apetecería probarlas?

—¡Pues claro! —contestó Trampita—. ¡También disponemos de un MENÚ degustación!

Mientras charlábamos, noté que mi hermana Tea estaba extrañamente SILENCIOSA, observando a los ratones con recelo, como si desconfiara de ellos.

Los RATONOIDES ROSA declinaron nuestra invitación:

—Gracias, queridos amigos, pero desearíamos regresar cuanto antes a nuestro planeta. Tenemos, hum… numerosos asuntos que atender…

Cuando ya iban a SUBIR a su nave, Tea los detuvo y les dijo:

—Sois muy generosos al darnos este valiosísimo **Trastelium**, sin pedir nada a cambio.

El ratonoide rosa más alto respondió:

Hum…

—Nos complace **AYUDAR** a los amigos roedores en dificultades…

—¿Estáis segurísimos de que no queréis nada, pero **NADA** de **NADA** de **NADA** a cambio del Trastelium? —insistió Tea, suspicaz.

El ratonoide rosa respondió con aire ofendido:

—¡Para nosotros, el Trastelium no es nada comparado con la **amistad**!

Los otros dos ratonoides rosa exclamaron al unísono:

—¡Así es, nosotros sólo queremos ser vuestros amigos! —Y añadieron—: ¡Se ha hecho tarde, debemos partir ya! ¡Nos veremos mañana! Pero no os vayáis… ¡Recordad que os traeremos el **OTRO** Trastelium!

Y tras decir estas palabras, llegaron rápidamente a su nave, abrieron las portezuelas a toda **PRISA** y… al cabo de un instante ya estaban **DESPEGANDO**.

—Qué raros son esos ratones rosa… —murmuré. Luego, abrí los brazos de par en par y añadí—: Ya es bien **cierto** lo que siempre dice el abuelo Torcuato: «*Cada planeta es un mundo*»… Tea seguía callada… **raro**, muy **raro**, ¡demasiado **raro**!

Trampita, en cambio, farfullaba para sí, con la boca llena: —Es una verdadera lástima que estos RATONOIDES ROSA no hayan probado los quesos. Bueno, puesto que se han ido, me tocará sacrificarme y comérmelos… ¡Ñam!

Phillus, por su parte, seguía rascándose insistentemente las hojas de la cola, perplejo, mientras **MASCULLABA**:

—Las comprobaciones del Trastelium son correctas y, sin embargo, hay algo… **¡raro!**

Yo también tenía un extraño presentimiento, pero lo ahuyenté y deseé que todo fuera bien. En realidad, no tenía ningún motivo para **SOS-PECHAR** de aquellos tres ratonoides rosa. ¡Y, además, no veía la hora de volver a mi cabina a escribir mi **novela**!

HUMMM... HAY ALGO QUE NO CUADRA...

Durante la cena, se lo explicamos todo a nuestro querido abuelo Torcuato que, al enterarse de que ya habíamos conseguido el **Trastelium**, ¡nos **FELICITÓ**!

¡No podía dar crédito a lo que estaba oyendo!

Al final, dijo:

—Puesto que la misión ha concluido, mañana por la mañana... **¡NOS VAMOS!**

Todos nos fuimos a dormir, pero poco después de medianoche... Tea llamó a mi puerta.

—¡Rápido, Geronimo, **SÍGUEME**! ¡Tenemos que ir al hangar!

—¿Cómo dices? ¿Al hangar? ¿Precisamente a estas horas? —dije yo.

—¡No hagas preguntas, **VEN** y punto! —contestó ella.

Cuando a mi hermana se le mete algo en la cabeza, no hay quien la haga cambiar de idea, así que me vestí rápido y salí al oscuro corredor.

—**¡Ay!** —protestó una voz—. ¿Quién me ha pisado las raíces?

—¡Oh! Perdone... PHILLUS, ¿es usted? ¡No veo ni los pelos de mi bigote! —me disculpé.

—He apagado las luces de esta zona —explicó Tea—, así la tripulación podrá seguir durmiendo tranquilamente...

—Ya, y soñar con CARRETADAS de queso, como estaba haciendo yo antes de que me despertases... —refunfuñó Trampita.

¡También estaba él! Pero... ¿qué estábamos haciendo allí?

Phillus, con las hojas TEMBLÁNDOLE, expresó su preocupación:

—¡Soy un científico, no un héroe!
¡No he sido adiestrado para parti-
cipar en una misión nocturna en
un **PLANETA** desconocido!
¿Y si cojo el pulgón, o el clima
me SECA las hojas?
Pero Tea no se dejó conmover:
—Necesitamos un científico en
el equipo... ¡Y usted necesita
un poco de acción! No querrá convertirse en una **PLANTA GORDA**...

—¡¿Misión nocturna?! ¡¿Planeta desconocido?!
Tea, ¿de qué va esto...?
Pero antes de que pudiera protestar, mi hermana me **METIÓ** en una nave y encendió los
motores:
—Baterías cargadas, motor de hiperpropulsión
encendido, **ROTORES MÚLTIPLES**
funcionando...

—Tea, ¿qué quieres hacer? —le pregunté.

—Nada de particular... —rió ella—. Sólo dar una pequeña vuelta de reconocimiento por el planeta Blurgo. Tengo mis **SOSPECHAS**...

Phillus añadió:

—Su Trastelium es muy raro... He vuelto a hacer mis cálculos: parecen correctos pero... sigue habiendo **ALGO QUE SE ME ESCAPA**...

Tea gritó:

—Entonces, ¡pongámonos en marcha!

Yo estaba PREOCUPADO:

—¿No habría sido mejor avisar al abuelo Torcuato?

—¡Demasiado tarde —respondió mi hermana—, Geronimo, dentro de tres, mejor dicho, dos... no..., un segundo... aterrizaremos en el **PLANETA BLURGO**, justo al lado de aquella cómica laguna color rosa!

¡OPERACIÓN LECHE!

Entretanto, Benjamín no paraba de dar vueltas en la cama: no lograba conciliar el sueño. ¡Un vaso de LECHE! ¡Eso era lo que necesitaba para dormirse!

Llamó a Pandora, usando su teléfono de muñeca: a lo mejor ella NO DORMÍA aún...

—Pandora —susurró—, ¿sigues despierta?

—¡Sí! —respondió ella—. ¡Ya he contado todas las constelaciones, pero no logro dormirme!*

Ben le hizo una propuesta:

—¿Qué te parece si **VAMOS** a buscar un vaso de leche?

—¡Síííí! —respondió su amiga—. ¡Nos vemos en el corredor dentro de *dos minutos*!

* En el espacio, para conciliar el sueño, se cuentan las estrellas de las constelaciones.

Ben se puso las zapatillas y salió de su cabina, procurando no hacer demasiado ruido.

¡La **RAT GALAXY** estaba sumida en el silencio! Benjamín y Pandora se dirigieron hacia la COCINA.

—¡Busquemos en el frigorífico! —propuso Ben. Pero Pandora se detuvo de golpe.

—¡Eh! ¡He oído un **RUiDO EX-TRAÑO**! ¿Tú también lo has oído?

Benjamín negó con la cabeza.

—No, yo no he oído **NADA**… ¡En todo caso, ya que hemos llegado hasta aquí, debemos culminar nuestra operación leche!

Pero de pronto…

¡PATAPLAM!
¡DENG! ¡DENG! ¡DENG!

¡Benjamín había tirado, sin querer, toda una pila de sartenes!

Al momento, se oyó una voz que farfullaba en sueños:

—SNORF… Hay que echarle menos sal a ese flan de hormigas…

¡Era SQUONZ, el cocinero, que estaba durmiendo justo delante del frigorífico!

Pandora preguntó ABATIDA:

—¿Y ahora qué hacemos? Nunca lograremos sacar la LECHE del frigorífico, sin que nos oigan…

Pero Ben tenía una idea:

—¡Vamos a la DES-PENSA! ¡Seguro que allí se guardan las provisiones de leche y queso!

Los dos chicos se alejaron **DE PUN-TILLAS** para no despertar a Squonz y corrieron hacia la despensa, que estaba abarrotada de productos provenientes de las galaxias más **REMOTAS**.

—**AQUÍ** están todas las existencias de gruyere de Sirio —dijo Pandora—, allí **ABAJO**, el queso de bola plu-

¡POR AQUÍ!

toniano con guindillas y el manchego amarillo de la lejana Solaris…

De pronto, Benjamín le susurró:

—¡**CUIDADO**! Aquí abajo hay alguien…

Pandora se volvió, pero no vio a nadie.

—Te has confundido, Ben, debes de haber visto una **SOMBRA**…

—No, Pandora —le respondió él—, estoy totalmente seguro… ¡Mira! Hay algo de color ROSA, moviéndose allí al fondo…

—Es muy **RARO**, debemos informar inmediatamente al tío Geronimo… ¡Rápido, vayamos a buscarlo!

¡ESTÁIS ATRAPADOS!

Ben y Pandora **CORRIERON** a la cabina del tío Geronimo y llamaron.

NADA… ¡ninguna respuesta!

Llamaron más fuerte, pero sin resultado. Entonces llamaron a la cabina de la tía Tea…

¡Y allí tampoco NADA, ninguna respuesta!

Después probaron en la del tío Trampita…

¡NADA de nuevo!

¿Dónde se habían metido todos?

Era **raro**, muy **raro**, ¡demasiado **raro**!

Entonces, Benjamín trató por todos los medios de contactar con sus tíos a través de su TELÉFONO DE PULSERA, pero le respondió un contestador que decía:

—Ilocalizable, ilocalizable, ¡¡¡i-lo-ca-li-za-ble!!!

¡Por todas las galaxias!

¿Qué estaba pasando?

Los chicos subieron hasta el puente de mando.

En cuanto entraron, **ROBOTTIX** se despertó y exclamó:

—¡Buenos días a todos!

—¡Chisst! ¡Aún es de noche!

—Entonces, ¿por qué me habéis despertado? Estaba **SOÑANDO** con una hermosísima tabla numérica…

—¡Tienes que ayudarnos, Robottix! —le dijo Benjamín, interrumpiéndolo—. ¿Puedes ponernos inmediatamente en **CONTACTO** con el tío Geronimo? ¿O con la tía Tea?

¿EH? ¡¿QUÉ PASA?!

¡¡CHISST!!

83

—¡Pues claro que puedo! ¡Para mí es un juego de niños! ¡Ya veréis chicos! ¡Dadme solamente un par de astrosegundos…! —respondió, la mar de orgulloso.

Y se puso a **trastear** un sinfín de botones de colores, hasta que la gran pantalla del **puente de mando** se encendió, mostrando a Geronimo —que acababa de desembarcar en el planeta rosa—, y tras él a Tea, Trampita y Phillus.

Todos se movían con cautela.

—Tío Ger, tía Tea, ¿dónde estáis? —preguntó Ben.

—¿Ben? —dijo Tea—. Hemos *bip bip bip…* hemos descendido a la superficie… *bip bip bip…* del **PLANETA BLURGO**. También están… *bip bip bip…*

Pero antes de que pudiese terminar la frase, se **INTERRUMPIÓ** la comunicación.

Una masa gelatinosa y **ROSADA** acababa de entrar inesperadamente en el puente de mando, se encaramó a la pantalla y la desconectó. Luego, el enorme monstruo rosa *FARFULLÓ* con expresión malvada:

—¡Se acabaron las comunicaciones, pequeños **INTRIGANTES**!

¡ESTÁIS ATRAPADOS!

¡CUIDADO CON EL GRAN BLURGO!

Entretanto, en la superficie rosa del planeta Blurgo, Tea trataba de llamar una y otra vez a los chicos, hasta que al final exclamó **ALARMADA**:

Ben, Pandora... ¡Responded!

—¡Alguien ha interrumpido la comunicación con la **RAT GALAXY**!

—¡Volvamos en seguida a bordo! —grité yo—. ¡Ben y Pandora podrían estar en **PELIGRO**! Y quizá… ¡también lo estemos nosotros!

Pero Trampita me hizo callar:

—¡Relájate, primo, eres más PELMA que un *Gruñonoide tragicus*! Ben y Pandora son raton-

citos muy espabilados, y en cuanto a nosotros…,
¿qué puede pasarnos en este planeta? Solamente hay rocas, matorrales y… ¡esa inútil laguna
ROSA!

Trampita aún no había terminado la frase, cuando… ¡la laguna ROSA cobró vida! Y dijo:

—¡Inútil lo serás tú, bola de pelo!

¡POR MIL MOZZARELLAS ESPACIALES! ¡La laguna no
sólo hablaba, sino que había empezado a reptar
HACIA NOSOTROS!

¡Yo di un triple salto del susto!

La laguna ROSA, cada vez más cerca, volvió de nuevo a hablar:

—Malditos roedores entrometidos, ¿qué estáis haciendo en **MI** planeta?

Aquel pequeño LAGO seguía aproximándose, ¡y resultaba cada vez más amenazador!

Trampita y Phillus estaban tan *ASUSTADOS* que retrocedieron de un salto.

Sólo Tea permaneció en su sitio:

—¿Lo ves, Geronimo? ¡Tenía razón, cuando dije que aquí pasaba algo raro!

Phillus preguntó, con la voz TEMBLÁNDO-LE como una hoja:

—Pe… pero… ¿qué clase de criatura eres?

La MASA GELATINOSA se carcajeó:

—¡Ja! ¡Ja! ¡Ja! ¡Yo soy el **GRAN BLURGO**! —Y prosiguió, jactancioso—: Aún no comprendéis lo que ha pasado, ¿no es así? ¡Yo os lo explicaré, miserables criaturas sólidas! ¡No existen los

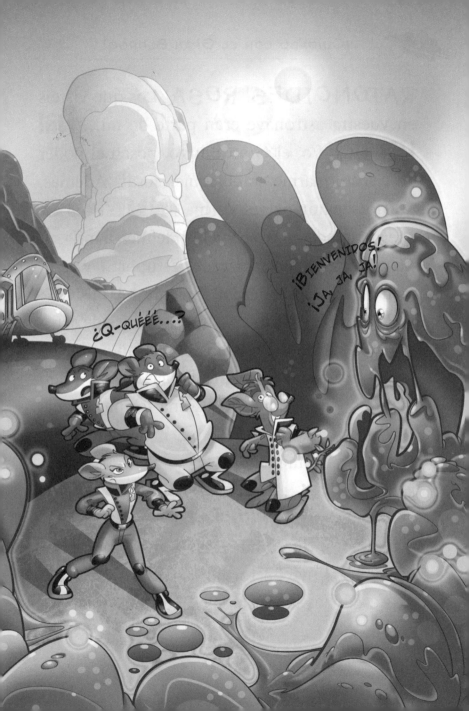

RATONOIDES ROSA! Los que visteis en vuestra astronave eran parte de mí... **¡Ja! ¡Ja! ¡Ja!** ¡Yo, el Gran Blurgo, poseo el poder de transformarme en cualquier cosa! ¡Además, puedo separar partes de mi **INMENSO** cuerpo y cada parte se vuelve idéntica a mí!

Yo apenas podía hablar del estupor... y también del canguelo, pero al fin logré balbucear:

—E-entonces, t-tú e-eres, hum... debías de ser...

—¡Pues claro! —exclamó Phillus que, al contrario que yo, ya lo había comprendido todo—. ¡Eres una forma de vida FLUIDA y altamente mimética!

¡Pues claro!

—¡Ja, ja, ja! —borboteó el **GRAN BLURGO**—. ¡En efecto! Una parte de mí subió a vuestra astronave en forma de Trastelium rosa, esta noche ha salido y ahora... ¡ya

¡YO SOY BLURGO!
¡YO SOY BLURGO!
¡YO SOY BLURGO!
¡YO SOY BLURGO!
¡YO SOY BLURGO!
¡YO SOY BLURGO!
¡YO SOY BLURGO!
¡YO SOY BLURGO!
¡YO SOY BLURGO!
¡YO SOY BLURGO!
¡YO SOY BLURGO!
¡YO SOY BLURGO!

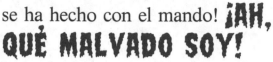

se ha hecho con el mando! **¡AH, QUÉ MALVADO SOY!**

—Pero ¿cómo es posible? —exclamé yo.

Y él replicó:

—**¿No me crees?** ¡Pues mira, bobalicón! ¡Mira cómo me transformé en aquellos tres ratonoides rosa!

Y, mientras lo decía, Blurgo adoptó por unos instantes la forma de los **RATONOIDES ROSA**, que habían venido a entregarnos el Trastelium rosa y luego volvió a convertirse en un charco rosa.

—Pero ¿por qué quieres **APODERARTE** de nuestra astronave? —le preguntó Tea.

Blurgo borboteó:

—¡Porque nuestro planeta es ABURRIDO, ABURRIDÍSIMO, ABURRIDÍSÍSIMO! ¡Quiero una nave espacial intergaláctica como la vuestra para huir de aquí! ¡Invadiré toda la GALAXIA y seguiré transformándome hasta que el universo sólo esté poblado por... MÍ!

Sentí un ESCALOFRÍO. ¡La perspectiva resultaba aterradora!

—¡NO TE SALDRÁS CON LA TUYA! —le dijo Tea, desafiante—. ¡Nosotros te detendremos!

—¿Y cómo pensáis detenerme, miserables roedores de pacotilla?

—¡No nos infravalores! —le replicó mi hermana—. El universo está lleno de peligros, pero también tenemos muchos amigos ahí fuera. ¡Amigos verdaderos!

Blurgo hizo una mueca al oír esas palabras y respondió:

—Sí, puede que tengáis amigos... pero nunca os encontrarán... ¿Y sabéis por qué? PORQUÉ PERMANECERÉIS ENCERRADOS AQUÍ... ¡Para *siempre*!

¡BOING! ¡BOING! ¡BOING!

Entretanto, en la **RAT GALAXY**, el gelatinoso monstruo rosa agarró a Ben y Pandora:

—*¡SOY EL GRAN BLURGO!* ¡Y ya basta de preguntas, mocosos!

Hologrammix se materializó por sorpresa en el puente de mando:

—**¿Qué está pasando aquí?**

Aprovechando la distracción, Benjamín y Pandora se zafaron y chillaron a coro:

—*¡Huyamooos!*

La gelatina rosa empezó a perseguirlos por los corredores de la Rat Galaxy.

—¡Rápido, *METÁMONOS* en el conducto de ventilación! —sugirió Benjamín.

ROBOTTIX los ayudó a desatornillar el portillo del conducto. Ben y Pandora rodaron junto a él tubería abajo. **¡BOING! ¡BOING! ¡BOING!**

—¡Guau! ¡Esto es mejor que los toboganes del parque de atracciones! —gritaron al unísono Ben y Pandora.

—¡Es posible, pero yo me estoy llenando de **ABOLLADURAS**! —masculló Robottix.

¡OHHHHH!

¡AHHHHH!

Los tres fueron a dar a un **OS-CURO** almacén.

—Pero ¿dónde estamos? —preguntó Pandora.

—Aquí no se ve nada…

Robottix se ajustó las tuercas y respondió raudo:

—¡Dejadlo de mi cuenta!

Y al cabo de unos instantes, sus ojos robóticos se *encendieron* como dos faros.

—¿Qué debe de ser este lugar? —preguntó Benjamín, mientras miraba a su alrededor.

El almacén estaba llenísimo de grandes y abultadas **CAJAS**.

Robottix anunció:

—¡Nos hallamos en el depósito de piezas de recambio de la **ASTRONAVE**!

Justo en ese momento, se oyó un extraño ruido: **¡TOC! ¡TOC! ¡TOC!**

Robottix se percató de que provenía de una gran caja y dio unos golpecitos con su brazo robótico: ¡TIC! ¡TIC! ¡TIC! En seguida se oyó a alguien responder: **¡TOC! ¡TOC! ¡TOC!**

Pandora lo regañó, impaciente:

—Robottix, por favor, déjate de tanto TIC TIC TIC y tanto **TOC TOC TOC**: ¡Vas a hacer que nos descubran!

—¡Yo no he sido quien ha hecho *toc toc toc*!

Y en ese momento alguien gritó:

—¡Socorro! ¡Sacadme de aquí!

¡Era la voz de *Allena*! Parecía salir del interior… ¡de la caja!

Robottix extrajo su brazo robótico en forma de martillo, convirtió el otro en una escarpa y abrió la **CAJA** en un periquete.

Allena saltó fuera y exclamó:

—¡Por fin!

—**PERO ¿QUÉ HA PASADO?** —preguntó Ben, que no entendía nada.

—Llevaba horas encerrada ahí dentro… —explicó Allena.

Y a continuación les contó lo sucedido:

—Después de cenar, estaba a punto de dormirme en mi cabina, cuando una enorme MASA GELATINOSA Y ROSADA me INMOVILIZÓ y me encerró en esta caja.

Pero antes de que pudiera terminar la frase, las compuertas del **ALMACÉN** se abrieron de golpe, de par en par.

¡EH, TÚ, CARA DE CHICLE!

—¡Rendíos, todos! ¡Sois prisioneros del **GRAN BLURGO**!

¡Era él, el **MONSTRUO ROSA GELATINOSO**!

Allena se volvió hacia Ben y Pandora, y dijo:

—¡De prisa! Allí al fondo está el súper pegamento que utilizo para reparar la astronave…

¡Podríamos encolar e INMOVILIZAR al monstruo!

Al oír esas palabras, él borboteó:

—¡Ja, ja, ja! ¡No resulta tan fácil capturarme! Ahora veréis…

De repente, Blurgo se estiró, se expandió y finalmente se dividió en un montón de partes idénticas, que se deslizaron por el suelo de la astronave y desaparecieron al instante.

—Pero ¿dónde se ha metido? —preguntó Ben, perplejo.

—¡No puede haberse disuelto en la nada!

Robottix empezó a **FLOTAR** inquieto, inspeccionando todos los rincones...

De pronto gritó:

—¡Mirad! **ESE EXTINTOR SE ESTÁ MOVIEN-DO... ¡¡¡Y ES ROSA!!!**

¡El extintor rosa iba dando pequeños saltitos por el corredor!

Pandora exclamó:

—¡El gran Blurgo se ha **TRANSFORMADO** en los objetos de la sala!

Y, al instante, el extintor rosa empezó a huir, saltando veloz por el pasillo... **¡BOING! ¡BOING! ¡BOING!**

—¿Y aquel cuadro de mandos, no os parece un poco demasiado... ROSA? —gritó Benjamín.

Al verse descubierto, el cuadro de mandos se **DISOLVIÓ** de golpe, formando un charco y se escabulló. El Gran Blurgo se había dividido en un sinfín de partes que, a su vez, se habían **transformado**... ¡en otros tantos objetos!

Pero Allena no desfalleció:

—Será difícil **CAPTURAR** todas las partes de Blurgo, pero debemos intentarlo: ¡adelante, registremos cada rincón de la astronave!

Y así, pertrechados los cuatro con el SÚPER PEGAMENTO, empezaron a buscar todos los fragmentos de Blurgo.

Ben entró en el baño: un lavabo extrañamente ROSA le hizo una pedorreta y huyó a toda velocidad ante sus **OJOS**...

El tirador de una puerta, que se había vuelto de color rosa, agarró a Pandora del rabo y, de no ser por el SÚPER PEGAMENTO que le arrojó Benjamín, seguramente la habría capturado...

Entretanto, una **BUTACA ROSA** y una masa de gelatina trataban de cerrarle el paso al pobre Robottix...

En el puente de mando, Blurgo se estaba transformando en botones, monitores y cables, que empezaron a ulular todos a una:

¡ESTA NAVE PERTE-NECE AL GRAN BLURGO!

De la Enciclopedia Galáctica
EL SÚPER PEGAMENTO

COMO TODO EL MUNDO SABE, EL SÚPER PEGAMENTO ES UN MATERIAL INDISPENSABLE, Y CUALQUIER COSMORRATÓN QUE SE PRECIE SIEMPRE LO TIENE AL ALCANCE DE LA PATA. ARREGLA (CASI) TODO: JARRONES ROTOS, CRISTALES DE ASTRONAVES RESQUEBRAJADOS, LAS JUNTAS METÁLICAS DE ROBOTTIX, LA PANTALLA HOLOGRÁFICA DEL PUENTE DE MANDO, LAS GAFAS DE PHILLUS Y MUCHAS OTRAS COSAS.

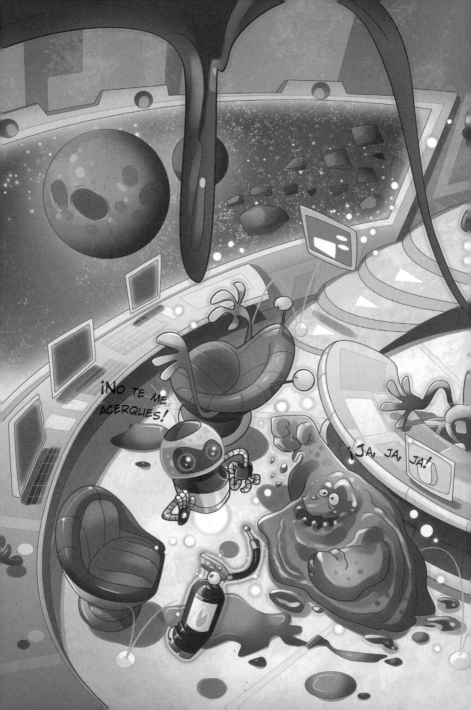

NO HE ENTENDIDO NI UNA CORTEZA DE QUESO...

En ese mismo instante, en el planeta alienígena, el Gran Blurgo anunciaba:

—**¡VICTORIA!** ¡Vuestra nave ahora ya es mía!

—¿Cómo puedes saberlo? —preguntó Geronimo—. Las comunicaciones con la **RAT GALAXY** están cortadas...

Blurgo se echó a reír:

—**¡Ja! ¡Ja! ¡Ja!** Yo estoy aquí, pero también estoy allá... Estoy en cualquier lugar donde se encuentre una sola gota de mi gelatina. ¡Pronto os **ABANDONARÉ** en este aburrido planeta y partiré con vuestra Rat Galaxy a la conquista del universo!

¡Me sentía el PEOR capitán de la historia galáctica! ¡Había fracasado en mi misión y... dentro de poco perdería la RAT GALAXY! Phillus estaba tan agitado, que sudaba resina a mares.

Tea TEMBLABA de indignación.

Y entonces Trampita dijo:

—Así que tú, Gran Blurgo, eres todo un **campeón** de las transformaciones, ¿no es cierto?

—¡En efecto! —proclamó él, con orgullo—. ¡No hay nadie tan bueno como yo en todo el universo!

—**¡PUES YO TE DESAFÍO!** —exclamó Trampita.

Me quedé boquiabierto: ¿acaso mi primo tenía ganas de bromitas en un momento como aquél?

BLURGO también parecía sorprendido.

Pero Trampita siguió adelante:

—Hagamos un concurso de transformaciones, sólo para divertirnos... —y esbozó una SON-

RISITA pícara—. Dices que eres muy bueno, Gran Blurgo, pero en realidad hasta ahora no nos has mostrado nada realmente **IMPRESIONANTE**. ¿Qué me dices? ¿Aceptas el reto o… acaso temes perder?

Blurgo bramó con aire ofendido:

—¡Mira esto, ratón impertinente!

Y al momento realizó una serie de **TRANSFORMACIONES**, convirtiéndose, por este orden, en:

1. UNA PLANTA ALIENÍGENA

2. UN COMETA

¡ME ESTOY ABURRIENDO!

¡FÁCIL!

1. Una planta alienígena rarísima...
2. Un **COMETA** de larga cola...
3. Un **DINOSAURIO** gigante...

Cuando acabó, Blurgo preguntó, orgulloso:

—¡¿Qué te ha parecido?! ¿Son para ti lo bastan-te... **IMPRESIONANTES**?

3. UN DINOSAURIO DE LA GALAXIA CRETACIX

¿ESO ES TODO?

—¿Eso es todo? —replicó Trampita muy iróni-
co, bostezando.

Blurgo preguntó:

—¡¿Cómo que **ESO ES TODO**?!

Y mi primo respondió:

—¡Así es fácil! ¡Tú has elegido en qué querías
TRANSFORMARTE! ¡Pero para demos-
trar que eres realmente bueno, tienes que con-
vertirte en lo que yo te diga!

Yo, como de costumbre, no entendía ni una
corteza de queso de cuanto estaba pasando...

¡UN DESAFÍO SUPERESTELAR!

El Gran Blurgo parecía a punto de **PERDER LA PACIENCIA** y bramó con su vozarrón más amenazador:

—¡Miserables criaturas sólidas, ahora sí que me habéis **HARTADO**!

¡Yo temblaba del **CANGUELO**!

Ya estaba a punto de salir por **PATAS**, cuando Blurgo dijo:

—Ratón insolente, ¿cómo osas desafiarme? ¡Dime qué forma quieres que adopte y lo haré! Así veréis que no existe manera alguna que yo no sepa **IMITAR**, porque ¡soy el Gran Blurgo!

Yo tenía tanto miedo que se me erizó el **PELAJE**. ¡Blurgo estaba realmente furioso!

Pero ¿POR QUÉ, **POR QUÉ**, **POR QUÉ** me encontraba en esa situación? Yo nunca pedí ser capitán de una nave espacial… nunca pedí formar parte de una misión en un planeta alienígena… ¡yo siempre he querido ser un famoso *escritor*! Y, además, ¿por qué Trampita seguía provocándolo?

Entretanto, mi primo se sacó del bolsillo una cajita de CARAMELOS con sabor a tranchete y se la vació directamente en la boca. A continuación, le gritó con energía a Blurgo:

¡ÑAM!

—Transformarse en cosas enormes es fácil, pero ¿serías capaz de volverte pequeño como un caramelo? ¿Y de caber *entero* en esta cajita? ¡Pero *entero entero entero*!

BLURGO estaba cada vez más enfadado. Y en cuanto a nosotros… estábamos acabados, vencidos… ¡tendríamos que quedarnos en aquel planeta toda la ETERNIDAD!

Blurgo respondió, abriendo de par en par su boca gelatinosa y soltando una carcajada:

¡Ja! ¡Ja! ¡Ja! ¿Yo todo entero ahí? Es un reto demasiado fácil…

Y tras decir esas palabras, se hizo *pequeño pequeño*, cada vez más *pequeño*… A medida que menguaba, fue llamando a todos los fragmentos de **GELATINA** que se hallaban en la Rat Galaxy…

Y al momento se convirtió en un **minúsculo** puntito rosa y… ¡se metió en la caja!

Luego dijo:

—¿Lo ves? ¡Lo he conseguido! Me he metido *enterito* aquí dentro, ¡*enterito enterito enterito*!

Y justo en ese instante, Trampita fue…

¡RAPIDÍSIMO!

Ágil como un misil espacial, cerró la tapa de la cajita.

¡ZAC!

¡Blurgo estaba atrapado!

¡Y nosotros a **SALVO**!

COSMORRATONES PARA UNO, UN COSMORRATÓN PARA TODOS

—¡Hurra! —GRITAMOS todos a coro.

¡Habíamos derrotado al Gran Blurgo!

Ya nos disponíamos a regresar a la Rat Galaxy, cuando… PHILLUS dijo:

—¡Mirad!

El científico señalaba el fondo de la laguna que había ocupado el Gran Blurgo y que ahora estaba VACÍA. Abajo, en el suelo, se perfilaba una hendidura y en su interior podía entreverse… ¡todo un yacimiento de **Trastelium**!

Phillus analizó el yacimiento con su **MEGA-DETECTOR** portátil, y finalmente concluyó:

—Capitán Stiltonix, confirmo que se trata de Trastelium... ¡al mil por mil!

Yo solté un SUSPIRO de alivio. ¡Por mil *mozzarellas* espaciales: podríamos salvar la RAT GALAXY de la destrucción!

—¡Rápido, a la astronave! —grité.

¡UN YACIMIENTO DE TRASTELIUM!

¡**MÁS VELOCES QUE LA LUZ**, regresamos a la Rat Galaxy, con un valiosísimo y pesadísimo cofre de **Trastelium**!

Pero ¡teníamos que darnos prisa!

No sabíamos cuánto tiempo resistiría la **CAJITA** de caramelos: ¡el Gran Blurgo trataba de liberarse con todas sus fuerzas!

En cuanto llegamos al puente de mando, ordené de inmediato:

—¡**MOTORES A LA MÁXIMA VELOCIDAD!** ¡Huyamos... hacia el hiperespacio!

Y a continuación felicité a Trampita:

—¡Primo, has estado realmente genial!

—¡Muchísimas gracias! —respondió él, orgulloso—. Y ahora... ¿qué me dices de organizar un **BANQUETE** a base de deliciosos quesos para celebrarlo?

¡Mi primo Trampita no cambiaría nunca!

Pero esta vez había sido todo un **HÉROE**. ¡Gracias a él, habíamos logrado vencer al Gran Blurgo!

Así que organizamos una gran **FIESTA** en la que participó toda la tripulación.

El abuelo Torcuato hizo un discurso oficial:

—Benjamín y Pandora, os habéis comportado como dos verdaderos héroes del espacio. ¡Os merecéis una medalla!

Tú también, Allena: ¡la idea del SÚPER PEGAMENTO fue genial!

Después se dirigió a Tea:

ABUELO TORCUATO

—Querida Tea, tu valor y tu inteligencia han **salvado** la Rat Galaxy...

Se volvió y se acercó a Trampita:

—Muy bien, nieto, has estado magnífico con el **TRUQUITO** de los caramelos... ¡Me recuerdas a mí cuando era joven!

Tampoco faltaron elogios para PHILLUS:

—Un científico como usted resulta indispensable para la Rat Galaxy…

Y, finalmente, a mí me dijo:

—¡Nieto! No lo entiendo… ¡Me has parecido menos bobalicón de lo habitual!

En fin…

Lo CELEBRAMOS todos juntos y a la hora del brindis, entonamos el Himno de los Ratones Espaciales…

Sin embargo, yo no veía la hora de irme a mi cabina para *escribir* con tranquilidad mi nueva novela. ¡Decidí que relataría precisamente esta última aventura!

Quién sabe si será del agrado de mis lectores…

HiMNO
DE LOS RATONES ESPACIALES

¡NI UNA TORMENTA DE FOTONES
HARÁ QUE SE ESTREMEZCAN
NUESTROS CORAZONES!

SOMOS COSMONAUTAS
ROEDORES,
AVENTUREROS, SOÑADORES...

LA FRATERNIDAD UNIVERSAL
PARA NOSOTROS VALE MÁS
¡QUE EL MEJOR QUESO
ARTESANAL!

¡EL ESPACIO, LAS GALAXIAS,
LOS COMETAS SON NUESTRA
CASA, NUESTRAS METAS!

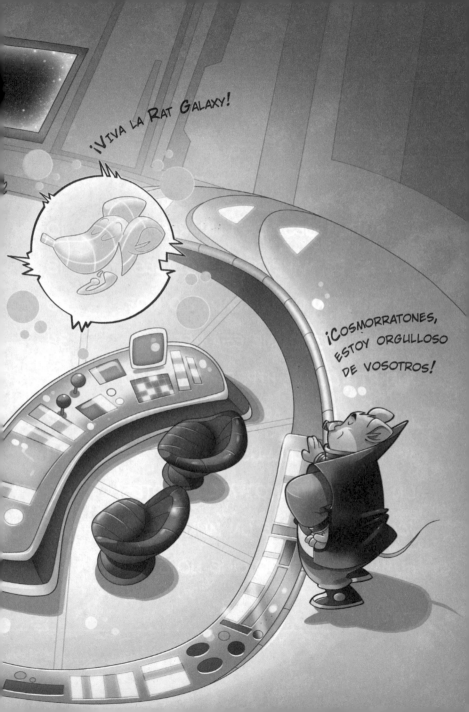

ÍNDICE

Geronimo Stilton

**Marca en la casilla correspondiente los títulos
que tienes de todas las colecciones de Geronimo Stilton:**

Colección Geronimo Stilton

Libros especiales

- ☐ En el Reino de la Fantasía
- ☐ Regreso al Reino de la Fantasía
- ☐ Tercer viaje al Reino de la Fantasía
- ☐ Cuarto viaje al Reino de la Fantasía
- ☐ Quinto viaje al Reino de la Fantasía
- ☐ Sexto viaje al Reino de la Fantasía
- ☐ Séptimo viaje al Reino de la Fantasía
- ☐ Octavo viaje al Reino de la Fantasía
- ☐ Viaje en el Tiempo
- ☐ Viaje en el Tiempo 2
- ☐ Viaje en el Tiempo 3
- ☐ Viaje en el Tiempo 4
- ☐ Viaje en el Tiempo 5
- ☐ La gran invasión de Ratonia
- ☐ El secreto del valor

Grandes historias

- ☐ La isla del tesoro
- ☐ La vuelta al mundo en 80 días
- ☐ Las aventuras de Ulises
- ☐ Mujercitas
- ☐ El libro de la selva
- ☐ Robin Hood
- ☐ La llamada de la Selva
- ☐ Las aventuras del rey Arturo
- ☐ Los tres mosqueteros
- ☐ Tom Sawyer
- ☐ Los mejores cuentos
  de los Hermanos Grimm
- ☐ Peter Pan
- ☐ Las aventuras de Marco Polo
- ☐ Los viajes de Gulliver

Superhéroes

- ☐ 1. Los defensores de Muskrat City
- ☐ 2. La invasión de los monstruos
  gigantes
- ☐ 3. El asalto de los grillotopos
- ☐ 4. Supermetomentodo contra
  los tres terribles
- ☐ 5. La trampa de los superdinosaurios
- ☐ 6. El misterio del traje amarillo
- ☐ 7. Las abominables Ratas de
  las Nieves
- ☐ 8. ¡Alarma, fétidos en acción!
- ☐ 9. Supermetomentodo y la piedra lunar
- ☐ 10. Algo huele a podrido en Putrefactum
- ☐ 11. Venganza del pasado

Cómic Geronimo Stilton

- ☐ 1. El descubrimiento de América
- ☐ 2. La estafa del Coliseo
- ☐ 3. El secreto de la Esfinge
- ☐ 4. La era glacial
- ☐ 5. Tras los pasos de Marco Polo
- ☐ 6. ¿Quién ha robado la Mona Lisa?
- ☐ 7. Dinosaurios en acción
- ☐ 8. La extraña máquina de libros
- ☐ 9. ¡Tócala otra vez, Mozart!
- ☐ 10. Stilton en los Juegos Olímpicos
- ☐ 11. El primer samurái
- ☐ 12. El misterio de la Torre Eiffel
- ☐ 13. El tren más rápido del Oeste
- ☐ 14. Un ratón en la luna

Los prehistorratones

- ☐ 1. ¡Quita las zarpas de la piedra
  de fuego!
- ☐ 2. ¡Vigilad las colas, caen meteoritos!
- ☐ 3. ¡Por mil mamuts, se me
  congela la cola!
- ☐ 4. ¡Estás de lava hasta el cuello,
  Stiltonut!
- ☐ 5. ¡Se me ha roto el trotosaurio!
- ☐ 6. ¡Por mil huesecillos, cómo pesa
  el brontosaurio!
- ☐ 7. ¡Dinosaurio dormilón no atrapa
  ratón!

Tenebrosa Tenebrax

- ☐ 1. Trece fantasmas para Tenebrosa
- ☐ 2. El misterio del castillo
  de la calavera
- ☐ 3. El tesoro del pirata fantasma
- ☐ 4. ¡Salvemos al vampiro!
- ☐ 5. El rap del miedo
- ☐ 6. Una maleta llena de fantasmas
- ☐ 7. Escalofríos en la montaña rusa

Cosmorratones

- ☐ 1. La amenaza del planeta Blurgo
- ☐ 2. La extraterrestre
  y el capitán Stiltonix

QUERIDOS AMIGOS Y AMIGAS ROEDORES,
ME DESPIDO HASTA EL PRÓXIMO LIBRO,
QUE SIN DUDA SERÁ UN LIBRO BIGOTUDO,
PALABRA DE STILTONIX...